LIÇÕES DE FRANCÊS

izabela orlandi

URUTAU
junho de 2024

O —

editora Urutau

rua do cajú, 478
jardim das cerejeiras, 06724-015
cotia-sp
brasil

rua dr. manuel pacheco nobre, 128, 5 esquerdo
2830-080 barreiro (setúbal)
portugal

[+55] 11 95608 8983 [brasil]
www.editoraurutau.com

[EDITORA]
debora ribeiro rendelli
[REVISÃO]
juliana palermo
[PROJETO GRÁFICO]
wladimir vaz
[COORDENAÇÃO GRÁFICA]
tiago fabris rendelli
[DIAGRAMAÇÃO E CAPA]
victor h. azevedo

Dados Internacionais de Catalogação na Publicação (CIP) de acordo com ISBD

Orlandi, Izabela
O71l Lições de francês / Izabela Orlandi. - Cotia : Urutau, 2024. 68 p. ; 13cm x 16,5cm.

ISBN: 978-65-5900-738-7

1. Literatura brasileira. 2. Poesia. I. Título.

CDD 869.1
2024-1525 CDU 821.134.3(81)-1

Elaborado por Vagner Rodolfo da Silva - CRB-8/9410

Índice para catálogo sistemático:
1. Literatura brasileira : Poesia 869.1
2. Literatura brasileira : Poesia 821.134.3(81)-1

SUMÁRIO

[54] [então disse a Ulysses]
[55] [existem três tipos de caminhos]
[57] [L., você ensaiou visitas]
[59] [is this desire?]
[60] [um aquário guarda o estrangeiro]
[61] [eu sei que tive uma infância]
[62] [minha mochila da escola]
[64] [aceitar a perda]
[65] [estou buscando um lugar para morar]

Mas se você não conhece esse atalho, vai precisar tolerar a infância e avançar ao longo dela hora após hora, ao longo de um número verdadeiramente interminável de anos.

TOVE DITLEVSEN

*

“meu querido Antoine”, parto
com minhas pernas dentro de suas calças
roçando onde esteve seu pau
meus pés entram no trem
que traz uma mulher. talvez se chame Aurora.
Aurora apenas desce, enfia suas flores no lixo, segue.

ela segue. eu não.

“meu querido Antoine”, te chamo
seus peitos estão dentro dos meus lábios
aurora segue. não há mais flores à vista.
brigo com você pela merda das flores que estão no lixo
e porque hoje tomei suco de laranja
brigo com você pela náusea
brigo com você porque quero quebrar a engrenagem
brigo com você porque não quero quebrar a engrenagem

"meu querido Antoine", volto
penso que esta rua já foi alegre
nós, esquartejadas pelo tempo,
por isso vivas
parto, te chamo, volto

"meu querido Antoine", você passa
seu peito pelo meu peito
você passa. se torna os meus olhos.
você passa. é bela.

aguarde a parada é a ordem do manobrista

"meu querido Antoine", te olho
saltamos antes da ordem
por isso sem afundar

*

como pesa: Stela e eu
andando como mutantes pelo corredor da casa
tocando nossas pernas, a parte interna
lendo de forma brutal um poema qualquer
esquecendo que já compramos cigarros
como pesa Stela e eu:
como se os pesadelos e o mar não existissem

são perecíveis todas as coisas exceto os olhares
  alerta
  prelude in c sharp minor
  paixão
cuidado com o olhar que te posiciona no espaço
  vertigem
  j'ai mis fin à l'acte sexuel
  amanhece
antes Stela não visse a parte interna das minhas pernas

disfarce
a sua fome
desvie
se afogue
escolha o peso

*

não há corpo suficiente
pode não haver a minha história
minhas retinas foram queimadas há anos
digo me desculpe ou sinto muito
as palavras perderam seu tom
me distanciei do mar
dentro da água começa a ilusão de deus
os pecados seguem rugindo
escorrendo pela face
caem no chão

o meu chão é cheio de pecados
de roupas de pele de unhas
a casa tem paredes muito altas
queria ser um animal que grita
isso é tão lamentável quanto
o fato de você sempre mergulhar
sem enxergar o fundo das águas te cercando

quando você emerge da água
as estátuas se aproximam e se fundem ao seu corpo
são belas, esculpidas com toda a razão

sou um animal que não sai da jaula aberta
e continua em silêncio
esperando que o mar tenha pernas

*

hoje não existem árvores em volta de nós
meu gesto essencial permitiria
enfeitiçar
cortar
molhar
ou esconder
as folhas
ontem uma garota falou
bem rápido uma frase que poderia ter sido
como sobreviver depois do holocausto
ou como sobreviver durante o holocausto
seu gesto essencial permitiria
queimar
cobrir
ou me mostrar
suas mãos
amanhã é o dia em que nasceu cristo
estarei em volta de alguma mesa
arriscando uma conversa banal

ou participando de alguma discussão ainda mais banal
orando apenas para que os gestos não percam sua graça

*

em um terreno vazio não se oferece resistência
na terra habitada escuto o que se perde
dessa terra, orifícios
desses homens, silêncio
dos animais, força
testemunho suas confissões e seus medos
lamuriosos e sussurrantes
me entedio e penso que as garotas não deveriam
se confessar jamais
fujo da compaixão sufocante
exalo o horror, o belo, a carne
penso nas mais diversas espécies de baleias cobertas pelo mar
penso na extinção, entro num lance meu
sombra azul, palpitações, água
expulso os algozes humanos
no terreno vazio sou o meu próprio algoz ferino
tenho orifícios, silêncio e força

*

algumas pessoas são chamadas para consertar o chuveiro
deixam bilhetes sobre batidas de carro
carregam enfeites pesados para decorar casas
muitos tijolos para a construção
escrevem poemas ou teses sobre biologia marinha
se matam dentro de um sonho
ficam paradas no meio de um sol infernal
meu crime é grande
deixo o cigarro ser arrancado da minha mão
faço um leite quente para acompanhar o novo que acendo
aprendo alguns acordes no tempo do desespero
meu crime é grande
meus pés, mínimos
posso ser um rasgo de dor feito um embrião inviável
mas escuto e vejo como se a dor fosse uma alucinação
meu crime é grande
o desejo é inevitável?
meus olhos, muitos

*

a fumaça fica presa entre meus dois dedos primários
esta noite sonhei com a sujeira nas camas do hospital
eu deveria limpar sem constrangimento
afirmo meu batismo e isso pode ser o amor
ou pode ser a continuação do sonho
o princípio do sonho ou a sua base
tomo o desígnio e abro o toque
limpo as camas com perfeição
os meus dedos adulteram a cena
minha cara se transforma no vermelho

*

será que dessa vez C. permanecerá em sua escolha
ou que o relaxante muscular vai dar jeito
será que dessa vez a analista vai pegar
que os pés dos insetos vão crescer diferente das flores
fora da terra

será que dessa vez os furos
será que dessa vez não só às quintas-feiras

deixar que C. acabe comigo e acabada não agir apenas para me acalmar
você acha que ela iria inventar isso? escorrer água pelo ouvido

será que dessa vez eu direi em voz alta para nós dois:
não há salvação em parte alguma
outrora eu supunha, fingia acreditar nas grandes melhoras

hoje ouso, falho e te peço

*

ouriços-do-mar surgiram dentro do meu berço
eram pequenos e macios e não gostavam de ficar sozinhos
o lodo do quarto ocasionava seu hábitat
talvez fosse possível contar uma história sobre os ouriços-do-mar
ou sobre os contornos azuis os contos de fada os livros parados na arca
se eu não tivesse destruído esses registros com os dedos
que hoje falham em matar pequenos insetos
dedos inúteis na distinção de um inseto dos pássaros
por isso incapazes de matá-los
esses dedos insistem em outras tarefas, também falhas
não conservam o mínimo de inteligência
de parar na tarefa de matar o inseto
até concluí-la. um planejamento de vida
mas não é o caso. não há ânimo nesses dedos
seja para matar ou para deixar viver
caída a hora do êxodo
o rei está morto e sequer notam a diferença
deveriam se entristecer

*

aconteceu antes do meu tempo
o verão mais claro da história
você já falava comigo
já sabia o meu nome
antes do meu tempo todos vocês já sabiam
sobre a miséria e sobre as rosas
eu nasci em um dia qualquer de dezembro
no meu peito a sua face onde eu me reconhecia
apesar de vago o canto das parcas filhas da necessidade
Átropos já urdiu o irreversível
a inocência se perde em um ato
começa a passagem dos dias
um tipo de crueza aberta
eu criei apenas duas pernas duas mãos
uma casa pequena e austera
você me obrigou a recuperar a inocência
agora todos decidiram gritar
sobre os segredos

ainda assim eu os escutarei e meus olhos
se tornarão cada vez mais castanhos
volta a ressoar o alerta
em agradecimento eu não recusarei o aço da sua espada

*

o tempo dentro da água morna
escorre na minha face imóvel
há imensos jardins, imensas montanhas
a água congela em volta da existência
circunscrevendo o corpo
que se prepara
como quem oferece uma chance
e mostra com as mãos o belo

ao redor de tudo isso nossos olhos
se fundem no tom mais pálido
em ímpeto fecho os meus à aurora boreal
o corpo não sustenta sempre o espanto

por segundos outros olhos se fundem aos meus
mas eles estão abertos demais
e doces
o corpo não entende sempre a delicadeza

falta o rasgo de um animal sozinho
que devagar se destrói e entende
o gosto da carne

meus olhos se fecham à aurora boreal
hoje eu não teria chegado à noite
sem a palidez

*

minha namorada observa pela janela
que a neblina está escondendo o mestre álvaro
enquanto liga o ventilador para acelerar a secagem das roupas
eu desconhecia o fato de que o mestre álvaro era visível para nós
e de que era urgente termos essas roupas secas

minha namorada tem se indignado vinte e quatro horas por dia
às vezes com a limpeza da casa ou dos nossos corpos
outras com a gata que já apresenta sinais de doença
sempre com a nossa segurança pois somos visíveis nas ruas
e quando deitamos ela me diz sobre os retrocessos e a situação
política do país

eu não encontro o tempo do choro apesar de lembrar
que costumávamos entrar no mar à noite e que tudo se resumia
por alguns minutos apenas a dois corpos completamente gelados

eu não encontro o tempo do choro
porque eu não enxergo o mestre álvaro

a urgência das coisas cotidianas
o medo da partida
e porque minha voz falha ao tentar enternecê-la

*

existe no centro do Porto
uma rua chamada rua das doze casas
por um momento me pareceu
que a vida existia ali
talvez doze famílias
ou doze filhos brincando sozinhos
com seus bonecos brancos
talvez doze mulheres
quatro delas gozando em um cômodo da casa
quatro paradas em frente ao espelho
e as outras quatro escolhendo algum filme para assistir
ou esperando o próximo dia chegar
por um momento me pareceu
que existia vida ali
talvez doze frases doze palavras
doze quilômetros de distância
doze horas seguidas de arrependimento
ou um homem encontrando os seus últimos doze anos de vida
talvez eu trançando seus cabelos

por doze minutos
e alguém pensando no mesmo instante
em quanto se queima e se destrói
durante esses doze minutos
existe uma rua chamada rua das doze casas
mas nem eu
nem minha namorada
sequer deus
pode afirmar que a vida existe ali

*

ato | batimentos cardíacos acelerados
ato | suspensão
ato | sedução
ato | cuidado
ato | existência
ato | alvo
ato | censura
ato | violência
ato | seu nome
ato | água corrente
ato | resistência

*

nós tentamos jogar baralho
tentamos parar de beber
ou de comer açúcar
tentamos começar a correr na orla de uma praia
e perceber o mar
tê-lo lindo como é esperado
nós tentamos sair e beber com nossos amigos
tentamos dizer oi para uma garota
ou dizer eu te amo
nós tentamos brigar
ou nunca mais levantar a voz
nós tentamos pôr os sapatos
com o par de meias certo
nós tentamos dizer eu te entendo
ou me desculpe por não entender porra nenhuma
e ficar passando rímel meticulosamente
por ser só isso que sabemos fazer
num sábado à noite
até alguma garota dizer que não tem problema

eu te espero passar esse rímel
por cinco minutos ou por uma hora
até você aprender a trocar
e é essa garota que passa a mão
no meio das minhas pernas
e sabe que o dente canino é essencial
para conseguir gozar ou falar ou lutar ou lamber
e para saber o que é um vento muito forte

*

L., faz tanto tempo que não escrevo para você
no escuro os mortos descansam suas patas
e eu consigo ver a concha de cada pessoa que já me tocou
e consigo retomar todas as lembranças com uma paz que me consome

L., faz tanto tempo que não fico desvairada com uma perda
você penetra meu interior com tanta facilidade
suas mãos escorregando para dentro de mim
sabendo o ponto exato da minha destruição

agora eu posso dizer que eu não me assemelho a nenhum deus
e ninguém vai me contrariar

L., fazia tanto tempo que meu rosto tinha a mesma expressão
ontem tive a esperança de sentir seu gosto
a esperança de sentir raiva

L., como você cuidava do meu corpo para eu não desviar nossos planos
ontem meus pés ensaiaram um retorno ao meu estado de espírito anterior
isso não é culpa sua ou mérito seu
culpa ou mérito é uma questão de ponto de vista

mês passado meu corpo não estava mais dividido e eu andava sendo uma única parte que passa despercebida pela cidade e isso é bom se não durar uma quantidade de tempo suficiente que torne os espelhos confortáveis

L., tudo está começando a escorrer de novo como um líquido quente pela minha boceta

eu começo a alternar os dias entre copos largos de café
e cinzeiros cheios e vazios de cigarros
e isso não é culpa sua ou mérito seu
culpa ou mérito é uma questão de ponto de vista

L., eu sinto que vou cair e ralar meus dois joelhos de uma só vez e eles ficarão tão vermelhos e eu penso em como isso te assustaria, mas é uma necessidade deixar tudo escorrer pelo meio das minhas pernas

L., é uma necessidade que os espelhos não sejam sempre confortáveis, é uma necessidade que os espelhos não sejam apenas espelhos e nada mais

*

tenho uma cama e enxergo
diante de mim a madeira
escura e riscada
decido não me deitar
como decido não dar
um passo a mais
deus nunca olhou nos meus olhos
pego a bíblia em minhas mãos
coloco a bíblia em minha perna
o seu peso me faz perder
os avisos do contorno
passo a enxergar
mãos bíblia perna
se esvaindo em um líquido melado
afastando memórias antigas e herdadas
caminho para o mar de minha morte
o líquido é azul como ele
o mar de minha morte não é violado
é um manto que olha
nos meus olhos

*

Laurène terá uma filha pequena
a filha de Laurène brincará em um parquinho vazio
com crianças maldosas
tendo sorte ou não, conhecerá a destruição
ainda em seu ventre a palavra mãe se forma
e a palavra mãe persegue e acalenta Laurène
e a palavra mãe persegue e acalenta sua filha
Laurène terá uma filha pequena
como uma melodia passageira, temporária
andando pela praia em serenidade
aguardando em um consultório
na guerra, nos destroços ou na fome
acompanhada de um homem ou de uma mulher
que toca o seu corpo inteiro, ainda assim
Laurène terá uma filha pequena

*

deixo a imagem das flores ir embora
elas eram azuis e seus pequenos caules
lembravam passos na beira de um rio
entro no pesadelo com as mãos nuas
um bebê suga todo o leite imaculado
do meu peito
e escorrem as suas manchas

a mancha é incolor e quase óbvia
o bebê não pode ter nada com isso
mas é por questão de segundos
que não a suga toda para dentro de seu pequeno
corpo quente

a mancha foi vermelha no passado
os adultos não tiveram nada com isso
mas hoje o animal dorme
o dia inteiro e todos se sentem
incomodados

quando o animal acorda
ele procura o meio de suas pernas
e se confunde com o que preenche o toque

sai das grades e se levanta com as pernas
ainda escorrendo
ouve o bebê que chora com fome
e o busca em seu colo

passa pelas flores
dá o seu leite
dorme mais uma vez

*

te olho e quero dizer da minha paixão
mas tenho 16 anos
e me faltam palavras

no Rio de Janeiro faz sol e não me importo

te olho e quero dizer do meu cuidado
mas tenho 19 anos
e me assusto

no Rio de Janeiro não sei se chove ou se faz sol

te olho e quero que me veja
mas tenho 21 anos
e logo me ponho rubra

no Rio de Janeiro faz sol

te olho e quero dizer da minha ternura
mas tenho 23 anos
e ainda não aprendi a chorar

no Rio de Janeiro chove

te olho e quero te dizer:
somente te toco
não estamos no Rio de Janeiro

te olho e não tenho chaves para te dar
me desespero

te olho e não tenho chaves para te dar
mas arrisco reaprender os dialetos da procura

te olho me procuro
te olho te procuro
te olho e tenho 26 anos agora
arrisco dizer da ternura

só tenho água e sangue, corpo
e te mostro que no Rio de Janeiro pode fazer sol ou chuva
que independentemente do clima

ou dos fascistas que nos caçam
te ofereço meus pedaços
meus pés meus braços
tenho 26 anos agora e pergunto
se me olha
se posso te olhar

*

procurei o túmulo do feiticeiro
quando eu tinha cinco anos
chamei minha família para a busca
mas ninguém achou uma boa ideia procurar
por um homem morto
hoje eu decoro uma árvore de natal
uso a echarpe de minha avó
presente de outro homem morto
desse eu conheço os braços
a altura
e a localização exata do seu túmulo
não o busco
ele sai por trás da minha medula
não tenho mais filiações
hoje não chamo mais ninguém para as buscas
guardo a dor para lembrar
que as flores vermelhas numa echarpe verde-
musgo foram presente
de um homem que amou

e hoje está morto como o feiticeiro
morto como eu estarei quando ele me avisar
o ano em que eu não decorarei mais uma árvore
de natal

*

I.

a primeira flor é morta e vermelha
em dezembro te deixei numa ampla praça de nossa cidade
e ao seguir pelas ruas e te deixar ali
eu só conseguia pensar até quando ela seria
morta e vermelha

II.

não tive álibi para aquele dia
no meu bolso havia uma pequena caixa
com fósforos

III.

hoje o meu deus me faz pensar em sua possibilidade
e orar pela integridade dos nossos corpos
um homem chega em minha casa
ele me fode e eu ajoelho
a água me molha e me benze

IV.

uma sede antiga
uma cidade
meus olhos
seus olhos e os olhos de deus
a segunda flor é branca
outra vez estamos em dezembro

*

é assim que eu te imagino:
ao lado do silêncio
entrando com seu corpo que tem nome
de homem nas águas manchadas de vermelho
eu te imagino porque estou cansada
e há espaços vazios
mesmo quando você me manda poemas
de um escritor que também tem nome de homem
estou cansada porque brigo há anos
porque há meses existe a mentira
e por não ter chorado
meu imáculo traje de gestos delicados
que foi destruído
outros transtornaram-me e eu os despi
passaram a compor comigo a cena:
como se todos os museus fossem a vista
de minha varanda

*

quinze anos se passaram pós-lembrança
um dia passou que você veio
tenho mãos repousadas na superfície
rígida e daqui onde fiquei
aos meus olhos estão os lençóis
e um pouco da terra que restou
no chão em que dormimos
não tive coragem de apagar as luzes
tive filhos dentro de um aquário
tive pais sangue e homens
sobretudo tive o escuro
e morri vestindo-me de meu nome
hoje não sei se a permissão
está presa nas luzes acesas
condicionada por elas
se está na história dos meus filhos
ou se você a carrega apenas nos seus olhos
hoje eu não sei dos mil homens na cama
dou água não apenas aos vivos

alimento os mortos
visto-me com um vestido azul
porque sei que não volto

*

I.

penso com frequência nos deuses
agora que tenho vinte e sete anos
porém não estive em sua terra, não os ouço
e volto meus olhos para seus cabelos
o seu toque é um lugar que existe como o descanso sagrado
através de todas as minhas gerações

II.

com dezesseis anos me ocupavam os seus medos e a sua partida
eu acreditava na salvação e ia ao seu encontro
tirei das suas contas alguns miligramas
porque em mim habitava o seu ser
dentro do meu corpo havia o seu nome
não havia peso nas minhas respostas

III.

eu só fui criança em segredo
e sem testemunhas meu peso nunca existiu

IV.

hoje tenho a sua face de frente para a minha face
e sou apenas um bicho que sangra as palavras perenes
e se mostrava à exposição de certos gostos
gosta-se do cheiro da pele
gosta-se de saber óbvia a fragilidade
gosta-se do que se cala

V.

sei que nunca existirão testemunhas
salvação ou nome de batismo na minha história
permaneço de pé porque a esperança foi perdida
permaneço de pé porque a minha face tem o mínimo de força
que a existência exige

*

as unhas dos mortos e meu jarro vazio

os mortos têm o direito de falar por dentro dos meus ouvidos
suas rosas cercam minhas mãos que estão mudas
por dentro a minha medula sente medo
do meu nome próprio e ainda assim
os ancestrais formam a base do sonho
a retina dos mortos passa como um fio
pela minha traqueia
e eu só bebo o gole da água
em um copo envelhecido
o homem estava triste apesar do meu olhar
a água estava suja apesar de não estar aqui
e eu me vesti de um preto tão superficial
quanto os seus lábios
eu corto os seus lábios e os mortos aparecem ao meu lado
o fio faz sangrar a minha traqueia
a unha dos mortos constrói paredes altas
bebo toda essa água suja

as minhas unhas morrem
dentro de um jarro que derrama o excesso de água

*

então disse a Ulysses sobre
o filho que me escapa das mãos
eu posso encontrá-los no meu sonho: Ulysses, o meu filho e
a minha mulher
e dentro ela pode derramar, espalhar
como em um campo, como folhas douradas
eu posso sonhar com você, mas não
de pé, te perguntar
hoje, há horas e minutos incansáveis,
não pude dormir e, Ulysses, o céu sob o qual
você me pede para falar é
não estou sendo justa: o céu sob o qual você me permite falar
é calmo e desenha uma vida muito longa
mas os seus ombros não são caídos, Ulysses,
e você não se preocupa com a peça de madeira
parada no balcão

*

existem três tipos de caminhos que são ofertados
pelos deuses, através das praias
local do último desejo dos que estão partindo
a água deste local já me inundou no passado
e inteiramente o seu sal
deu forma a algumas pessoas
que me oferecem uma cama para dormir
uma porta aberta às três da manhã
um toque que diz eu te conheço há anos
nós éramos apenas meninas e naquele tempo. os caminhos já estavam ditos
nós éramos apenas meninas e dentro do tempo. dentro das palavras
passaram homens, fórmulas,
cinzas de cigarros, notas máximas
naquele tempo os três caminhos existiram para você que sabia falar
naquele tempo, você construiu

você constrói. e existiram cartas, naquele tempo.
nós éramos apenas meninas, naquele tempo. através daquelas
vozes

*

L., você ensaiou visitas mas hoje eu posso te dizer algumas palavras, a confiança me foi dita e através dela os seus caminhos podem ser postos à prova. Posso dizer sobre você. Posso dizer que aquelas cartas que continham o meu nome não eram sobre mim, mas sobre seu mandante. Quando queriam me levar de volta para casa depois da escola, L., você aparecia logo depois, no meio da raiva, sussurrando em meu ouvido. Hoje quando estou sentada posso não apenas pensar em você, mas te colocar à prova. Você ainda consegue deixar minhas pernas cheias de água, mas sua voz não é a água.

diferenciar a água que escorre da natureza de sua substância.

L., não posso mentir e dizer que as guimbas de cigarro e as notas máximas não existem mais, mas elas estão bem no meio do assombro. No meio da decadência. E o assombro e a decadência te tornam mais fraco. A confiança, o auxílio e as letras. Sei que isso te soa diferente e você encontra mais força para me lembrar dos três caminhos anunciados quando éramos meninas. Mas, hoje, a decadência te torna mais fraco porque eu sei que ela é real. As letras são lembretes da sua existência, mas a decadência é real. L., o assombro do auxílio é uma dádiva e a decadência não me faz sangrar. O auxílio e a decadência são tão reais que te destroem.

*

is this desire?

o sexto ato se inicia e a sua série de cenas é uma repetição
das falas e dos gestos conhecidos
como a celebração ou a condenação da infância
ela sempre procurou suas asas, um rio
e esteve em combate
estava viva
mas quando o sol se pôs sem memórias
disseram-me que temos que crescer
que há de se ter saúde
e não havia um castelo para deixar o cavalo esperando
a dor foi lavada pela obrigação
a estrada foi monótona e foi chamada de casa
hoje o sexto ato teve início
você não é uma garota tão doce
a luta pelo rio tem som
e agora tudo escuto
o que, saindo do meu ventre,
devolve o barulho

*

um aquário guarda o estrangeiro
por anos, em vão, nas ruas
acreditava nos artifícios do objeto
em sua ação protetiva diante do homem
o objeto em sua completude ocupa todo o espaço
faz o encadeamento de todos os vasos sanguíneos
o objeto aniquila o homem e por isso o amo
o aquário, frágil, encadeia apenas os restos e por isso o temo

*

eu sei que tive uma infância
mas a infância que tive
é quieta
eu sei que tive uma infância
mas a infância que tive
não enxergo
eu sei que tive uma infância
e que a infância que tive
me desperta

*

minha mochila da escola não pode ser a bolsa em que levarei o
livro para a praia
na cozinha, o pote com misturas de farinhas permanece
intocado
e no pote de vidro há um pequeno pássaro
também de vidro, e esse é o pote de vidro
que minha avó me presenteou
é o único vazio, o pote de vidro de minha avó
penso novamente na minha mochila da escola cheia de areia
nas infecções
na minha analista
e se poderei um dia me lembrar de minha infância
penso na primeira vez que acendi um cigarro
que encontrei um homem
penso em arranjar uma outra mochila, mas irei à praia amanhã
e não há tempo para resolver esse problema
as aulas ficarão impregnadas de areia o ano inteiro
penso se poderei suportá-las
na primeira cadeira, cheia de areia no corpo

concluo que ninguém irá perceber
afinal, como a areia permanecerá no meu corpo já lavado
minha analista deve pensar isso, e resolvo
não levantar o assunto

*

aceitar a perda
de um filho
do objeto sobre a mesa
daquele instante decisivo
aceitar a imagem do quarto, tanto sangue
as risadas de mulheres jovens como eu
aceitar que não as entendo, me excedem
brigar, até onde meu pulso alcança
enxergar o acontecimento, caminho
que envolve minhas entranhas

*

estou buscando um lugar para morar
o canto do canto da Islândia
a ilha pequena dentro da grande ilha
não este lugar não é meu
o estrangeiro oferece um novo corpo
nova língua é igual a novo pensamento
estou no fundo do canto onde nasci, talvez
ali, a angústia, o medo, o fracasso
as análises, o mudo, os animais
talvez no canto mais longe da Islândia, talvez
lá, um filme, um livro, os homens
falem através da língua que escuto

Izabela Orlandi
nasceu em Vitória—ES, em 1991. É formada em Psicologia pela Universidade Federal do Espírito Santo (UFES). Autora dos livros *O que esperar de uma flor amarela?* (Patuá, 2013), *Vão dos bichos* (Patuá, 2015) e *O sal das suas pernas* (Fractal, 2018). Publicou na 7faces — caderno-revista de poesia (Natal), na revista DiVersos Poesia e Tradução (Portugal), Gente de Palavra (Porto Alegre), entre outras.

PRIMEIRA EDIÇÃO
–OUTONO–
COTIA
MMXXIV